드디어 혼자가 왔다

정진혁

충청북도 청주에서 태어났다.

공주사범대학교 국어교육과를 졸업했다.

2008년 『내일을 여는 작가』를 통해 시인으로 등단했다.

시집 『간잽이』 『자주 먼 것이 내게 올 때가 있다』 『사랑이고 이름이고 저녁인』 『드디어 혼자가 왔다』를 썼다.

2009년 구상문학상 젊은 작가상, 2014년 천강문학상을 수상했다.

파란시선 0135 드디어 혼자가 왔다

1판 1쇄 펴낸날 2023년 12월 15일

지은이 정진혁

디자인 최선영

인쇄인 (주)두경 정지오

펴낸이 채상우

펴낸곳 (주)함께하는출판그룹파란

등록번호 제2015-000068호

등록일자 2015년 9월 15일

주소 (10387) 경기도 고양시 일산서구 중앙로 1455 대우시티프라자 B1 202-1호

전화 031-919-4288

팩스 031-919-4287

모바일팩스 0504-441-3439

이메일 bookparan2015@hanmail.net

ⓒ정진혁, 2023, printed in Seoul, Korea

ISBN 979-11-91897-69-2 03810

값 12,000원

•본 도서는 인천광역시와 (재)인천문화재단의 후원을 받아 '2023 예술창작지원사업'으로 선정되어 발간되었습니다. 인천광역시   인천문화재단

드디어 혼자가 왔다

정진혁 시집

시인의 말

빗줄기를 따라 어디로 갔다

나 이전이었다

아득함이 켜졌다

잠깐 울었다

또 어디로 갔다

차례

해설

제1부 시간의 거인

연애의 언어

벚꽃의 영역과 물의 영역 사이에 생긴 낙서 같은 것

물가에 서 있는 벚꽃은

이 세상에 하나뿐인 말을 흔들고 있었다

그날 대성리 물가는 세상의 경계선이었다

밤늦도록 벚나무 아래에서 놀다가 우연히 그것을 건드
리고 말았다

벚꽃 물가라는 말이 밀려온다

때때로 남서풍이 부는 물가에 가늠할 수 없는 울림

박각시나비와 휘어지는 강물은 알 수 없는 언어로 허공을
다녀온다

언어 몇 송이가 물 위에 떠 있다

시간의 거인

그는 시간이 뭔지 몰라서 시간이 없다
몇 살인지 모른다
손바닥에는 생명선이 없다

달팽이 기어가는 것을 한없이 바라보고
강가에 앉아 흐르는 물을 보고 싶을 때까지 본다
그는 시간이 너무 없어서
이 세상 사람인가 의심스럽다

그는 시간이 없으면서도 시간을 가지고 논다
새들이 하늘을 빙빙 돌 듯
우리가 살고 있는 직선의 시간을 구부려
원으로 만들며 논다

사라지는 것들 안에는 시간이 있다
하지만 그는 시간이 없어서
사라지지 않는다
아마도 몇 천 년이 그의 몸에 붙어 있는 듯하다

존재했음을 보여 주는 시간이지만

그 앞에서는 시간마저 존재하지 못한다
그래서 세상이 시작된 이후로
오직 하루를 아직도 살고 있는지 모른다
이 세상에 황혼이란 절대 없다는 듯이

이미 세상을 떠난 누군가가
이곳을 몹시 그리워하는 마음을 그는 알까?
그 초연함을 알까?
하지만 그는 기쁨만이 있다

영화를 볼 때나 술 마시는 쾌락 안에는 시간이 없듯이
지금 몇 시야? 시간을 묻는 말을 들어 보지 못했다
시간이 없어서
그는 기쁨의 근원을 지니고 있다

시간이 없으니 바라는 것도 없고 상처도 없고
누구에게든 기쁜 얼굴인 그에게
바쁜 시계를 던져 주고 시 분 초를 알려 줘도
심심하게 들여다본다

시간과 무한한 거리감을 지닌 그는
하늘을 봐도 기쁘고
먹을 것이 없어도 기쁘고
옷이 다 찢어져도 기쁘고

우리는 시간이 없어서 서두르는데
그는 시간이 없어서 봉숭아 물든 손톱을 어제 보듯 본다
그래서 등이 맑다

시간이 없는 그는
몇 천 년 된 나무 속에서 잠자다
윙윙 벌 소리에 끌려 밖으로 빠져나온 것 같다

시간이 없는 그는 어쩌면 시간이 너무 많아서
시간의 수위가 넘친 저수지에 완전히 잠긴 자일지도 모른다
한 시간만이라도 시간의 수문을 열어 줄래?
그는 이런 말을 하고 싶은지도 모른다

슬며시 내 등을 건드리는 그는

가끔 보이지 않는 곳까지 가 보는 눈빛과

우리가 가 버렸다고 생각하는 시간을

천천히 당겨 오는 손을 가졌다

혼자의 배치

—

　　바깥과 안이 완전히 뒤바뀌며 왔다
　　때마침 밤나무 잎이 서걱거리며 흔들렸다

　　세상은 잠시 알 수 없는 색채와 공간으로 어른거렸다
　　드디어 혼자가 왔다

　　그림자의 등을 보고 있는 나와 마주쳤다
　　발걸음이 희미해졌다
　　슬며시 혼자가 왔다

　　그때 붉은 감이나 하얗게 피어난 국화처럼
　　느낌을 가진 것들이 자신과의 작별을 마음에 품었다

　　혼자를 어디다 두어야 할지 모르겠다

　　귀뚜라미가 울고 있다는 가벼움을 관통하며 바람이 지나
갔다
　　지나가는 것들 사이로 혼자가 왔다

—　　가을의 한가운데 희미하게 남아 있는 색채들을 지우며

혼자가 왔다
익명으로 왔다
한 명의 관조자로 왔다

붉게 사그라드는 황혼 속 슬픔에 잠긴 채 왔다
어떤 향기는 가 버렸고
항거는 말없이 왔다

생각하기도 전에 이 모두가 나에게 그대로 왔다
오롯이 지금 이곳에
내가 살아갈 첫 번째 혼자는
내가 잃어버린 혼자이다

혼자를 어디다 두어야 할지 모르겠다

의문사 살해 사건

"의미가 없어" 날아든 말에 길거리에 의문사들이 죽어
갔다
"의미가 없어"라는 말은 무심함을 동반하였다

왜 왜 왜

왜를 외치던 왜가 옆구리에 칼을 맞았다
늘 손목시계를 차고 다니던 언제는 목에 칼을 맞았고
어디서는 손가락으로 애매한 곳을 가리키며 쓰러져 있
었다

갑자기 산다는 일이 찬란한 도시에 버려졌다
백화점 매장 안에서도 어떤 무심이 스쳐 가고 의문사들이
쓰러졌다
칸나의 붉음이 바래 보이고 한강 너머 강둑의 윤곽이 희
미해졌다

사람들이 왜 왜 왜를 외치며 울부짖어도 아무 말이 없다
의문사들은 늘 해결사였다
어떤 사건이 터지든 의문사들이 달려들어 문제를 해결

18

했다
　그런 그들이 모두 당했다

　두 시의 발걸음에 어중간한 색조가 드리운다
　출처가 모호한 "의미가 없어"라는 말에 그들이 당하다니
　왜를 아무리 흔들어도 옆구리에서 피를 흘릴 뿐이다

　왜를 부여잡고 며칠을 울었다
　평소에 왜는
　"에이 기분 나빠" 이런 감정 앞에 찾아와 왜 왜 왜 이해
하려고 귀를 세우고
　"왜~~애" 어깨를 감싸 주기도 하고
　"대체 왜 그런 거야" 하며 때론 저 속을 긁어 대기도 했
었는데

　어디서와 언제는 같이 다녔고
　늘 그리움을 지니고 가 버리는 것들과 아쉬움을 품고 살
았는데
　가장 먼저 현장에 나타나던 그들이
　의미가 없어와 무심함 앞에서 한꺼번에 죽어 나갔다

____

의문은 의문을 물고 올 뿐
사람이 많이 다니는 역 근처 백화점 공항 등에
살인을 예고하는 무심의 협박 글이 난무했고
불안만이 지루하고 끈적한 장마처럼 달라붙어 가지 않
았다

의문사 사건을 해결하기 위해
누가 언제 어디서 무엇을 어떻게 왜가 모여들어야 하
는데
사건은 오리무중이다

죽은 왜를 붙잡고 온종일 걸었다
바람에게 언제를 물어보았고
맨드라미에게 무엇을 물어보았으나
아무 대답이 없었다

왜는 사건 해결의 핵심이었다
사람들은 점점 무심이 번져 가는 중에
왜만큼은 죽지 말았어야 했다고 안타까워했다

왜를 알면 사건이 해결될 수 있는데
왜까지 죽어서 세상은 무심투성이가 되었다

"의미가 없어"라는 말이 대체 뭐길래
생은 막막하고 수수께끼 같고 텅 비어지고
의문사들이 의문사를 당한단 말인가?

"의미가 없어"라는 말과 목소리는 아주 무기력한 먼 것의 소리 같다고 말했을 어떻게가 생각난다 흔들리는 능소화를 보며 무심이 제일 무서워 말하던 누가가 그립다 무심은 막연함일 뿐이야라고 말하는 왜를 생각하며 눈물이 흐른다

누가 언제 어디서 무엇을 어떻게 왜라는 의문사는 모두 의문사를 당했고
"의미가 없어" 앞으로 세상의 모든 무심들이 까마귀 떼처럼 몰려들었다

고양이 화가

그림을 그리는 고양이를 넋 놓고 보다가 그림을 그리는 고양이가 되고 있는 나와 마주쳤다 고양이가 있는 곳이 그림이 되고 배경이 되는 고양이 고양이를 가만히 보면 희미하다 내게서는 느끼지 못하는 느낌을 보드랍게 풍긴다 고양이는 흔들리는 강아지풀이나 바람 그리고 흘러내리는 시간과 그곳의 분위기를 그리고 싶어 한다 그의 희미함과 그의 그리고 싶어 하는 예술성은 서로 긴밀하다 그는 희미함을 따르면서 그려 내지 못하는 것을 그리워한다 그래서 고양이가 있는 그림은 추상이 된다 벚꽃이 휘날리는 그림을 위해 그는 자신의 털을 뽑아 공중에 휘뿌리기도 하고 심장박동수를 그리기 위해 나방을 잡아다 문 앞에 놓기도 한다 자신의 초록빛 눈알을 그리며 알 수 없는 먼 것에 기댄다 고양이는 어느 곳에도 무엇에도 사용되지 않는다 그저 거기 있을 뿐이다 그러나 늘 그림은 완성된다 고양이는 고양이가 원하지 않는 것을 고양이처럼 그린다 고양이는 담장 위에서 먼 곳을 바라보는 희미함과 맨드라미의 붉음 속에 담긴 알 수 없는 이야기를 가만히 앉아 그려 준다

줄어든 날

번지다가 번지지 않고 떠났다 꽃에 물을 주는 일상 속이나 아플 때 바라보던 시선이 있었기에 내 일상의 일부가 내 시선의 한 부분도 번지다처럼 떠났다 오늘 나는 줄어들었다 번지다가 떠났다

어느 날 빨간 앵두가 사라진 일은 내 안에서도 무언가 사라진 날이다 나는 둔해지고 빨래를 널다가 빨강을 잊었고 식빵을 태우면서 빨강을 잊었다 그러나 하루를 산다 빨갛게 번지다가 떠났다

번지다가 보이지 않기 때문에 눈에 보인다
번지다가 느껴지지 않기 때문에 느껴진다

번지지 않는 일상은 너무나 명확해서
수만 송이의 맨드라미를 다 셀 수 있다
세는 만큼 나는 줄어들었다

모든 위치에서
어질어질한 곁을 지나 믿을 구석이 없는데도 번지다가
번지지 않고 떠났다

언어 마비

아득함은 바이올린 첼로 피아노로 구성된 합주이다
가장 어렴풋한 생각의 흔들림이다

나뭇잎이 떨어지며 빙글 도는 찰나에
사라진 자들과 살아 있는 자들이 합쳐진 눈빛이 어지럽다

아득함을 켜기 위해 가을빛과 읽다 만 책과 주름이 필요
하다
오래전에 사라진 누군가의 숨소리가 공기를 약간 흔든다

노란 국화는 영감으로 가득 찬 아득함의 밀사이다
시간의 살갗은 질감을 모른다

아득함을 따라 읽는 직박구리 울음
강가에 긴 다리로 서 있는 해오라기와 침묵 사이를 오
간다

아득함은 시간의 두께일까
안으로 들어가 망각을 찢어 낸다

자신조차 외롭게 하는 이름들
질문 없는 풍경들
속없는 얼굴들
현실에 묶어 두는 목소리들을 품고 있다

한 눈물이 한 눈물을 부를 때 가끔 언어의 마비를 동반
한다
아득함은 언어를 저리게 하는 근육을 지녔다

그래, 앵두의 시작

—

붉음을 아는 모든 앵두는 앵두에 가까워진다
여행을 떠나기 위해 옷을 차려입는 기쁨이
앵두에는 있다
그래 앵두의 시작이다

앵두 앵두
그 소리가 좋아서 나는 멀리 앵두의 붉음으로 거주지를
옮긴다
그래 앵두의 시작이다

앵두와 함께 투명해진 모든 시간
아무도 모르는 투명한 시간이 온다
둥글둥글 구르다 어디에 멈춰 서는 앵두
그래 앵두의 시작이다

앵두는 이미 시작되었다
모든 몸짓이 있기도 전에 붉은 앵두가 있다
꿈이 있기도 전에 앵두가 있다

—

앵두는 시간

모퉁이를 돌고 있는 시간들
앵두야말로 모든 기원

주소를 버리고 혼자인 날들
너의 붉은 입술
그래 앵두의 시작이다

모두 앵두의 귀여운 완성 속으로 떠난다
모두가 앵두이다
그래 앵두의 시작이다

앵두는 분명 신이 손으로 지은 이름
앵두 부르면
모든 가장자리가 빨강이 되는
그래 앵두의 시작이다

네 마음은 내 시간 이전

청보리가 바람에 춤을 추는 사월은 시간 이전이고

라일락 그 알 수 없는 향기는 시간 이전이다

방금 사라진 고양이 하지만 나는 이따금 이곳에 있을 때

말이 필요 없는 이전이 생긴다

어떤 그리움의 알록달록한 감정에 손이 닿곤 했다

이전을 만지고 있는 중이었을까

엄마 배 속에서 뱃가죽 너머로 들리던 이전의 소리

내 탄생보다 앞선 먼 것이 있다

그녀와 함께 목련을 바라보고 있었다

그러나 그녀는 옆에 없었다

시간 이전에 가 있었다

나는 그때 어디에 있었던 것일까

네 마음은 내 시간 이전이다

휘어잡아서

이팝나무는 한 사발의 밥을 피워 내기 위해
온몸으로 그저 밥 한 사발을 피워 낸다

방울토마토는 초록의 이성을
토마토라는 빨간 감각에 모두 바친다

나는 왜 무엇을 위한 일을 하면서
종종 목적을 상실하는 것일까?

삶이란 놈은 자신에게만 향하도록
모든 것을 제 쪽으로 휘어잡는다

수재민을 위한 봉사를 연민이라는 것이 휘어잡는다
시 한 편을 쓴다는 즐거움을 비교의 거만함이 휘어잡는다
너그러워지려는 겸손을 교만이 휘어잡는다

노력은 다른 노력이 된다
목적은 다른 목적이 된다

오직 하찮은 것들만이 나를 휘어잡지 않는다

너에게 자두 한 알을 건네는 마음
자전거를 배우는 너를 뒤에서 잡아 주는 마음
잠든 너에게 부채질을 해 주는 마음

조국이니 인류니 문화 발전이니 그런 건
애시당초 나의 일이 아니다

방울토마토 한 알을 간신히 달고 있는 화분에 물 주는 일
은
나를 휘어잡지 않는다

적정기술

누군가를 읽는 일은 타인의 손
손금 안에 있는 행운선과 생명선과 지능선
그 낯선 손으로 들어가는 일이다

건성으로 읽는 일은 낯선 손에서 달아나는 일
달아나는 일은
선에 갇히지 않는 나에게 맞는 적정기술이다

삶이란 얼마나 비열한가
나의 의지를 조금도 생각해 주지 않으니
생명선이니 행운선이니
아무런 상관이 없는

일테면 뱁새가 황새 쫓아가다 가랑이 찢어지는 그 지점
손잡이가 얼어붙는다 약속을 취소한다 모든 것이 정지
한다
적정기술의 발원 지점이다

그 속에서 나를 구축하기
통시적이든 공시적이든

나의 적정기술은 깊숙이 들어가지 않는 일이다

가치 있는 일 속으로 들어가야 한다거나
무의미를 추구하는 일은
같은가 다른가
일단 달아나고 본다
나의 인지적 인프라는 희미함으로 가는 일

어디에서나 나는 희미함을 향해 가는 적정기술을 지녔다
나는 나를 가장자리에 양도할 줄 안다

때도 없이 펭귄이 걸어온다

하루에서 노랑 소리가 퍼진다
조금만 표현된 도달하지 못한 감성들
나의 삶은 건성이다

건성은 내가 연구한 내 삶의 적정기술
파리한 삶에서 느끼지 못하는 희미함을 찾아내는

—   세상의 손들을 읽다가
    해바라기 노랑에 숨는다
    아메리카노 그 쓴맛에 포기한다
    적정기술은 내가 갖지 않은 것과 내가 적용되지 않는 것
사이를 이어 준다

    경계가 없는 소나기에 서서
    나는 나팔꽃이 좋다
    속해 있지 않은 나팔꽃과 소나기는 적정기술을 타고났다

    속해 있는 모든 타인의 손은 진부하다
    끈을 만들지 말아야 한다
    누군가를 끌어당기는 끈이 거리에 어지럽다

    내 속에 알지 못하는
    봄 여름 가을 겨울이 아닌 한 계절이 있다
    만지고 살았던 것과는 다른
    꿈틀거림이 있다

—   모르는 것이 내 한가운데 있다

불안하다 커피를 마신다
저기 펭귄이 걸어온다
나에게 맞는 나를 알아보는 기술을 펼친다

제5의 계절 안으로 들어가 잠을 잔다
비밀스럽고 희미한 나를 본다
적정기술이 잘 적용되었다

●적정기술: 슈마허가 주장한 한 공동체의 문화·정치·환경적인 면을 고
려하여 만들어진 기술.

이름의 숲속에서

―

툭 투둑 툭툭 도토리가 떨어진다
귀여운 도토리를 손바닥에 놓고
"도토리" "도토리" "도토리" "도토리" "도토리" "도토리" "도토리" "도토리" "도토리" "도토리" "도토리"
부른다

순간 도토리는 도토리로부터 툭 떨어진다
이름은 참 허약하기도 하구나
슬쩍 잡아당겨도 느슨하게 둬도 슬그머니 사라진다
이름이 달아난 도토리는 더 앙증맞고 더 가볍고 더 우습고 그래서 더 도토리 같고

너의 이름을 수도 없이 불렀는데 너는 나에게서 툭 떨어져 나갔다
도토리 같은 웃음도 없이

거기 누구요 하는 소리 저 멀리서 떨어지고
그 소리를 주우러 뛰어간다
상수리나무 가지 사이로 마음이 툭 꺾인다

―

이따금 어떤 얼굴이 이름 밖으로 불쑥 튀어나온다

"갈대" "갈대" "갈대"······
갈대 같은 연민에 빠지고 싶지 않고
흔들리는 나를 이해하고 싶지 않다
툭 떨어지고 싶다

"일종의" "일종의"······
이런
매끈한 언어 속에 갇힌 나를 꺼내고 싶다

무지의 재능

—

이게 사과야 하지만 사과를 모른다
저렇게 흔들고 지나는 게 바람이지 하지만 바람을 모
른다

내가 가진 가장 뛰어난 재능은
무지의 재능이다

자신도 모르고
서로에 관해서도 모르고
기억이 뭔지도 모르다니
이 얼마나 뛰어난 재능인가

자신을 정말 안다면
누구도 자신을 사랑하지 않을 것이다
이 얼마나 다행인가

나팔꽃은 자기가 나팔꽃인 것도 모르고 나팔꽃이다
맨드라미를 안다고 맨드라미가 무슨 나쁜 느낌을 갖겠
는가

—

좋아한다는 말이 뭔지 알지 못하는 저 행복한 얼굴 좀 봐
자신이 누군지 알지 못하는 저 뭉클한 얼굴 좀 봐

내가 있지 않는 위대함
당신이 존재할 수 없는 행복
그 사이의
아주 무지무지 신나는 무지의 재능

느끼고 생각하면서도 나를 믿지 않을 수 있다니
이 얼마나 다행인가

거대한 쥐

소리로 허공을 끌고 가다 툭 놓아 버리는 거대한 쥐가 살고 있다 하는 일이라고는 찌~익~찍 큰소리를 지르는 것뿐이다 그 소리가 어찌나 큰지 아파트 단지가 들썩인다 누구든 그 소리를 들으면 그 소리에 온몸이 칭칭 감기는 느낌이다 그 쥐가 하는 일은 택배 상자를 붙이는 일이다 찌~익~찍 상자를 돌리고 찌~익~찍 상자를 붙이고 쥐를 보고 싶어 소리 나는 곳으로 가 보아도 거대한 쥐는 보이지 않는다 찌~익~찍 소리는 밥도 먹지 않고 늦은 저녁까지 울어 댄다 동네 사람들은 저 소리가 잠을 깨우고 정서 불안을 가져오고 커피 한 잔 마시는 여유도 빼앗아 간다고 했다 소리의 전염병을 옮길 수도 있다고 귀마개를 준비해야 한다고 했다 이사를 얘기하기도 하고 큰 고양이를 보내기도 했지만 도리어 고양이가 놀래서 도망쳐 올 뿐이다 하지만 거대한 쥐는 한 번도 사람을 해치지 않았다 저 소리는 살려 달라고 찌~익~찍 아주 먼 곳에 보내는 신호 같기도 하고 암호 같기도 하다 저 소리는 눈을 붙이고 입을 막고 온몸을 테이프로 둘둘 말아 놓는 소리이다 늦은 저녁까지 찌~익~찍 어떤 노동은 거대한 쥐 소리를 낸다 찌~익~찍 황혼처럼 슬픈 소리를 낸다

제2부 사월의 질병

내 전부는 밖에 있어서

　처음 이 가방은 다른 가방과 똑같은 표정을 가졌다 오랜 시간이 지나면서 얼룩이 생기고 때가 타고 색도 조금 바랬다 멜빵 한쪽이 뜯어지고 자크 하나가 고장 났다 가방은 훨씬 자신만의 표정을 가진다 이 표정은 어디에서 온 것일까? 이 가방에 넣은 컴퓨터와 책과 간식거리와 옷들에 가방의 영혼이 잠든다 커피를 쏟은 얼룩과 손때 묻은 책들은 가방에 자신의 존재를 반영하며 가방에 침투하고 끝내 가방으로 변신한다 모든 것은 외부로부터 온다 아무렇게나 벗어 논 가방 위로 아침의 햇살이 비칠 때 우중충하고 냄새나는 가방이 환하게 빛난다 우중충한 것은 외부로부터 오는 것들로 빛난다 몇 십 년째 이 세상을 벌고 있는 나는 있음의 눈동자를 지닌 나는 외부로부터 온 것이다 멀어지지 않는 헌신과 소유하지 않는 말투를 지닌 나는 그리고 저녁을 바라보는 자세가 영혼을 가로지르는 나는 외부로부터 온다 나무를 느끼는 마음과 곧장 가지 못하고 빙빙 도는 붉음을 지닌 나는 너를 보는 내 전부는 너라는 외부로부터 온다

칸나의 고백

붉음을 부리처럼 내미는 몸짓은 두렵다

오직 나를 위해서만 붉어야 하는 피곤이 있다

붉음을 동반한 불안 안으로 개미 떼가 지나간다

부리가 있지만 붉게 붉게 말하고 싶은 흔들림 앞에서

나는 작아진다

일어나지도 않은 일 앞에서

나는 미리 실패를 겪는다

나는 칸나

아는 얼굴들에 대한 부끄러움으로 더욱 빨개지는 나는

지렁이나 거미나 잠자리

나를 지나는 것들

나와 아무 상관없이 살아가는 저 누렁소의 낯선 얼굴

저 낯섦 때문에

저 논 속의 푸른 벼들과 개구리와 우렁이와 담장 옆 앵두

저 살아 있는 것들이 있기 때문에

한꺼번에 밀려오는 이 붉은 느낌

추상

며칠 만에 나타난 그녀가 이렇게 묻는다
"나 어떤 거 같아?"

"나 어떤 거 같아?"는 수만 송이 억지를 유발한다
뭉게뭉게 구름 위에 있다 낙하하는 공포

사람이라는 허공에서 발생한 말할 수 없는 중량이다
"나 어떤 거 같아?"
모든 심상이 뽀개진다

영혼으로 호흡할 수 없는 것이 숨을 쉰다
"나 어떤 거 같아?"
그 속에 숨은 언어가 어지럽다

"나 어떤 거 같아?"는 보이지 않는 곳에서 다가온다
분명히 아메리카노를 시키고 아메리카노를 한 모금 마
실 때
"나 어떤 거 같아?"는 그런데 눈에 보인다

이럴 때 친구마저 내 편이 아니다

46

"나 어떤 거 같아?"
추상에 갇힌다

시간이 휘발되고 없는 날개가 오고
언어로부터 숨어 버리는 오후가 오고

"나 어떤 거 같아?"
보이지 않는 곳에 그어진 경계

은은

—

네 안에는 은은이 가득하다
그 동그란 세계가 먼 것에서 왔다

내 정신의 은빛 갈치 같은 은은
얇은 문장으로 내 어색한 비유로 어쩌지 못하는
은은

씹으면
'화' 하면서도 쓴 어느 공간이 오기도 하고
손바닥 위에 은은의 눈
한 알 입안으로 들어가다 놓쳐 버린다

은은 안으로 들어가려고 세상의 다른 기슭에 서서
단어들의 밖을 서성거리기도 하고

은은을 대여섯 알 입에 물면
어느 별에서 낮잠을 자다 일어난 듯
은은은은 잠꼬대를 하며 허공에게 가고 싶다

—   비어 갈수록

입안은 관계를 찾아가는 은은이 구르고

은은 흔들릴 때마다
내 생의 끝을 생각했다 거기에는 은사시나무가 흔들리고

은은을 입안에서 녹이는 동안 겨울이 가고 있다
낮게 가라앉은 소음조차도 은빛이다

고립감이 와글와글
은은에 갇혀서 나를 다 버리고 나는 엎어지고

주머니 속에서 가슴속에서
'왜 얼룩을 믿지 않는 거야?'라는 질문 앞에서
수백 개의 은은이 부딪힌다

너무 초록

칠월이나 팔월을 초록이라 부르면 어때?

바람이 쓱 지나가면
동네는 오직 초록 한 잎이 흔들리는 모습이다

누군가의 말이 초록만큼 빠를까
초록~~
한 번 불렀을 뿐인데 세상은 온통 초록

초록은 나와 나 아닌 것 사이의 공간
초록은 뒤덮는다
쓰나미처럼 장마처럼 토네이도처럼 온통 초록을 칠해 놓
고 지나간다

세상은 너무 초록이어서 무의미하다
온통 초록이니 초록 이전에도 이미 초록이어서
초록 그 이름 하나로 삶은 너무 길다

초록~~
이것이 전부다

꽃들의 향기와 분홍이니 빨강이니 노랑의 색채들은
전부 초록에서 나온다

세상을 덮고 있는 초록에 푹 빠질 때
우리는 신에게로 간다

이탈을 생각할 수 없는 암호
초록~~

아직도 지상을 지나는 중이다
초록으로 뭉쳐진 초록 모양을 하고
초록만이 살아 있다고
여전히 영원히 지나가고 있다

멀리 몰려간다
초록~~

가지를 튀기면서

자신의 전 생애가 자신에게서 날아가 버린 일이 있는가? 한 번도 생각하거나 만들어 본 적이 없는 음식이 탄생했을 때 내가 다른 누구라는 느낌이 든다 이미 오래전에 콩나물 잡채를 해 먹었는데 방송에서 새로운 잡채라고 소개할 때 지금의 나에게서 나는 멀다 어른이 되어 뭔가 깨달았던 것이 이미 내가 그걸 살고 있다는 그 앞에서 나는 누구인가?

서양 음식을 전혀 알지 못할 때부터 나는 토마토를 썰어 소금을 뿌려 프라이팬에 볶아 먹었다 나는 어떤 사람의 생을 살면서 토마토를 요리한 것일까? 허브가 뭔지 알지도 못하던 시절에 한련화를 따서 간장밥에 데코레이션을 하고 화려한 한련화를 비벼 먹은 적이 있다 그 매콤한 맛을 느끼는 지금의 내가 당시의 나라고 말할 수 있는 것인가? 나는 어디를 살고 있는 것인가? 오래전에 나는 가지를 가지고 가지튀김을 해 먹었는데 요즘 들어 가지튀김이 새로운 음식으로 인기를 얻고 있다

아마도 나는 나를 잘 모르거나 이미 오래전에 알았던 것을 다시 알게 되었다면 나는 지금 누구를 살고 있는 것인

가? 내 안에서 나를 잃는다 나를 향해 기울어진 과거가 존재한다니 나는 몇 개인가? 끓고 있는 기름 앞에서 가지를 튀기면서 나와 나 사이에 놓인 나는 누구인가?

살구 살구 사는 일은

살구는 어느 문턱에서 우글거린다
살구 하고 부르면 둥근 것과 흩어지는 것 사이에 머문다

익어 간다는 말은 살구의 것이 아니다
살구 살구 사는 일은
이미 익어 있다

살구를 좀 더하고
살구를 좀 덜하고
살구를 아주 사뭇 덜하고
그러는 사이 살구는 우글거린다

살구 하며
순간에서 떼어 놓아 이름을 불러 주면
살구는 살구만큼의 관념으로 우글거린다

살구는 일어났거나 짓무르는 것만이 아니다
살구 살구 사는 일은
셀 수 없고

살구는 피하거나
살구를 저버린
살구를 실망시킨 것들의 전체이다
그래서 살구는 흐리다

살구 살구 사는 일은 여전히 우글거린다

숨은 몸

숨은 내가 만질 수 있는 몸이어서
눈에 보이지 않는 심장이어서
희미한 소리의 관능이어서

숨은 육체보다 더 먼 곳에 있다

늘 멀리 있어서 숨이 오는 동안 마침내 숨의 리듬을 창
조한다
너의 숨소리에서 리듬을 듣는다

숨은 나를 땡볕의 나뭇잎처럼 묵묵하게 한다
묵묵함의 무아경에 빠져든다

숨 쉬는 일이 뭐지?
살아 있기는 한 거야?
굳이 대답을 생각할 필요 없는 일종의 백일몽이 온다

숨의 무릎에 머리를 기댄 당신을 쓰다듬는 손길
숨소리는 의미도 없이 문장을 만든다

숨은 물처럼 흘러
꿈의 강줄기를 이룬다

나는 내가 알고 있는 것을 숨 쉰다
모든 나뭇잎들의 모든 낮잠이다

숨끼리 뒤섞여 자신을 버린다
숨은 어느덧 있는지도 없는지도 모른다

사는 동안만 살아 있는 숨은 숨이 아니다
숨은 당신이 살아 있든 죽어 있든
살아간다

한 문장 살기

"너는 선 자리마다 환해"
"해바라기에서 빛이 뭉클 만져졌어"
"너는 간지러움이야"

우리는 수많은 문장들 속에서 살아가고 있다
그러나 우리는 한 문장을 살아 내기도 힘들다

"너는 언제나 봄날 같은 얼굴이야"
정말 봄날같이 화사한 얼굴을 만난다면
그 사람은 한 문장을 살고 있는 사람

"너는 늘 약속을 잘 지켜"
이렇게 불리는 사람은 한 문장을 살아 낸 사람

"아버지는 늘 아침 여섯 시면 일어나셔"
아버지는 한 문장을 늘 산 사람

"바람은 언제나 시원해"
"장미는 정말 아름다워"
"나무는 늘 그늘을 줘"처럼

사물들은 한 문장을 거뜬히 살아 낸다
하지만 사람들은 한 문장을 살아 내기도 힘들다

한 문장을 안다는 것은 그 문장을 사는 일이다
그늘을 안다는 것은 그 그늘을 사는 일이다

"맨드라미를 이해하고 싶어"
이 한 문장을 살아 내고 있는 중이다

너를 살고 있다

벚꽃은 잠시 벚꽃으로 산다
참으로 오래 사는 곳은
꽃잎 속을 걷는 누군가의 가슴속

내가 나로 사는 것도 잠시
내 속을 사는 꽃들과 강물과 책들과 음악들 그리고 앵두

사람들은 한 번에 탁 죽는 것이 아니라
아주 여러 번 죽는다

죽었다가도 누군가 이름을 불러 주면 살아나고
아무도 불러 주지 않으면 또 죽어 있다

이름은 세상에서 가장 짧은 주문

시들시들 시금치는 끓는 물에 잠시 데치면 더 파랗게 살
아난다
고양이 한 마리가 담장 위에 앉아 먼 곳을 살려 내고
저녁은 붉은 넝쿨장미를 살려 내고

내가 없는 것 같은 저녁
그러나 내가 살아 있는 저녁
어쩌면 나는 너를 살고 있는지도 모른다

방 안에는 수많은 귀신들이 산다
이미 죽은 자들이 펴낸 책과 음악 그리고 인명사전 속의
이름들
나는 그들을 살고 있고 그들은 다시 태어난다

수백 년 전에 죽은 나를
불러 주는 너를 기다린다

사월의 질병

—

벚꽃이 영혼을 분홍으로 덮었다
우리는 분홍의 마력을 느꼈다

분홍분홍 모이면 분홍을 엮는 영혼들의 얘기가
사월 내내 남았고
분홍이 눈과 입술에 명백했다

어느 밤도 분홍 없이 영혼을 덮어 주지 못했다
분홍 없이 서로의 맨얼굴을 바라볼 수 없었다

벚꽃터널에서 환상을 만들었고
벚꽃 날리는 속에서 신화를 만들었다

벚꽃 없이는 발가벗은 몸이었고
분홍이 없는 곳에서는 말에 먼지가 날리는 메마른 병이
퍼졌다

나이기 위해 분홍 속에 물들었고
분홍과 꿈과 사람이 한통속이었다

—

분홍의 날들 속에서
너도 나도 분홍이 되는
일종의 질병이 전염병처럼 퍼졌다

분홍 아래에서 사랑을 소리치면
달콤한 사랑이 그들에게 내려올 거라 믿었다

분홍을 앓고 분홍 바이러스가 생겨났다
분홍의 신앙이 생겼다
영혼의 가장 깊숙한 곳에 분홍이 퍼졌다

진해라든가 대성리는 성지가 되었다
사월이면 성지순례가 이루어졌고
분홍은 질병이고 신앙이 되었다

내 손은 만개

토마토를 쥔 손은 어떤 영감이다
어떤 해방이다
손은 작지만 세상을 다 볼 수 있다

설악산보다 작지만 압록강보다 작지만
내 손은 우주보다 크다
방울토마토를 만지고 있지만 우주가 손안으로 온다
내 손은 영혼만큼 크다

고양이의 부드러움을 만지면 고양이를 만지는 게 아니라
새로운 세계가 다가온다

그녀라는 산에서 사랑을 만지고부터
내 손은 사랑보다 크다

내 손은 만질 수 있는 것보다 크다
두 손을 들어
공간을 만지면 공간 전체가 오고
바람을 만지면 바람 전체가 온다

그때 알지 못하는 날것의 느낌이 막 달려온다
꽃잎은 만지는 순간 신비의 주문이 된다
내 손은 만개했다

아직 느낌이 없는 사물들과 형이상학들 속으로 간다
거대한 세계가 온다
새롭게 확장되는 나를 본다

내 손은 만질 수 있는 것보다 크다
알 수 없는 느낌이
내 머리 위에서 가만히 나를 비춘다

잠자다 종말이

—

　잠이 왔다 틈만 나면 잠이 쏟아진다 잠 속에 산 지 몇
십 년이 지났다 그동안 나는 타인이 되어 살았다 바퀴벌레
가 지나가듯 불안이 종종 나와 동행했다 나는 사라졌고 다
른 사람이 거기 있었다 나는 아무 생각도 없이 잠이 왔다

　오늘 잠자던 내가 별안간 되돌아왔다 들기름에 두부를
부치다 잠이 와서 두부가 까맣게 탔을 때였다 시커멓게 탄
두부를 보니 잠이 달아나고 정신이 맑아졌다

　잠 속에서 한때 존재했던 나를 생각한다 시멘트 담장 너
머로 붉은 능소화가 흔들리고 고양이 한 마리가 담장에 앉
아 먼 곳을 바라보고 있었다 한때 나의 발걸음은 맨드라미
를 보고 바람을 느끼고 네가 어디로 숨었는지 파란 하늘을
바라보고 있었다 한때의 나는 달리는 자동차 소리와 실외
기 돌아가는 소리와 토네이도 산불 쓰나미 엘리뇨를 걱정
하는 티비 소리와 어우러져 한때가 검정 안에 용해되었다
"태양광의 강도가 4퍼센트가량 줄었대" 세상은 점점 어두
워지고 있다고 한다

—

　잠시 검은 탄내가 났다 다른 사람이 거기 검게 서 있었

66

다 종말의 느낌이 아주 짧게 지나갔다 나는 다시 잠이 왔다

괜찮아

고양이의 비위를 건드렸다
뭐라 말해야 할지 모르겠다
할 말이 모자라서
햇살의 끝을 잡아당겼지만
아무 답이 없다
바람이 불든 말든
한없이 흘러가는
저 구름에게
말을 꾸어 와야겠다

제3부 새로 한 파마가 바람에 흔들려서

오디오디 어디어디

오디를 딸 때 손에 물드는 진보라가 내 손으로 옮겨 오는 그 물(物)의 느낌은 나를 저 속의 나에게 가게 한다 입안에서 톡 씹히며 이빨까지 진보라로 물들이는 순간 나는 저 속의 나 자신을 발견하게 된다 오디오디 어디어디 나는 나 자신에게 물들고 싶은 것이다 일상의 징표들은 오디를 손으로 따는 순간 나에게서 달아난다 일상은 모두 색채를 잃고 오직 진보라만 남는다 뽕나무 아래는 진보라만 있다 개미를 돌멩이를 땅을 공기를 그 아래 웃음마저 물들인다 무한정 물들어 간다 물들어 가는 너는 어디에선가 읽은 내용처럼 느껴진다 어릴 적 봉숭아 물 물들이는 밤 나는 새로운 형태의 꿈을 꾸었다 분홍이 내게 물들어 오는 동안 잠이 없는 상태로 꿈을 꾸었다 황혼이 진득진득한 소리를 냈고 나무 아래서 물 흐르는 소리를 들었다 빗방울들의 속삭임을 들었다 내가 물들고 있는 사이 오디오디 어디어디 나는 저 속에 있는 나에게 물들어 갔다 커다란 태양 하나가 몸속으로 쑥 들어왔다

리듬이 없기 때문

너는 내내 평범한 공기이다
내 목을 조른다

맨드라미의 목소리 백일홍의 눈빛에서 역겨움을 느낀다
와락 느껴지는 비열한 모욕
내가 리듬이 없기 때문이다

나에게 말을 걸든지
나를 바라보는 누구든
이 모두를 느끼는 감각이 나를 오래된 액자처럼 만든다

아무리 거리의 원피스가 외롭다고 흔들려도
느낌의 표면에 닿을 뿐

비가 내린다 비는 사람 쪽으로 기울어진다
비를 바라볼 때 기울어짐은
내가 리듬이 없기 때문이다

뻔히 알면서 모르는 척 나는 나를 속일 수가 없다
건물도 은행나무도 사람도 자기만의 높이를 지니고 있다

그려지지 않은 그림에서 튀어나온 듯한
이 모든 형체들과 색감들이 비현실적으로 걷는다
내가 리듬이 없기 때문이다

배경에서 벗어난
맞지 않는 윤곽선이 나를 조인다
내가 리듬이 없기 때문이다

드라이버를 들고 커피 한 모금을 마시며

나의 영혼의 나사를 푼다
소리가 잘 나지 않는 라디오처럼 속을 들여다본다

아 여기가 접촉 불량이군
영혼의 한 가닥을 잡고 납땜을 한다

그녀가 떠났고
고양이도 집을 나가더니 오지 않는다

떠나는 일은
채널이 잘 안 맞아서다
채널을 바꾸고 주파수를 새로 잡아 본다

영혼은 어느 순간
내 것이 아닌 봄처럼 내 것이 아닌 노을처럼
어디까지 갈지 알 수가 없다
누구도 나의 영혼의 나사를 풀 수 없다

원래 그런 거 아닌가요? 하고 말하는 목소리와
사려 깊은 척하는 소리를 위하여

영혼의 스피커를 교체한다

머리와 엉덩이가 구분이 안 되는
알량한 지식과 축 처진 습관을
이리저리 재배치한다

영혼의 척추를 꼿꼿이 세운다 안테나처럼
어쩔 수 없이 슬프고 기침하는 나는 나사를 더 꽉 조여야
한다
납땜을 더 단단히 해야 한다

이제 고장 난 라디오를 사람들은 뜯어보지 않는다
쓸모없는 사람이라고 느끼는 나는
윤리 교과서를 본다고 고쳐지지 않는다

나는 나를 고치는 장인
납땜의 고체가 인두에 녹아 흘러 다시 고체로 연결되는
나의 영혼을 바라보고
나사를 꽉 조인다

봄 프로젝트

—

뻐꾸기는 울 때 뻐꾹뻐꾹 울지 않는다
뻐억~꾹 뻐억~꾹 울면서
송홧가루가
목에 걸린 듯 울면서
느린 맛 하나를 온 마을에 툭 던져 준다

봄을 우리는 봄이라고 부르면 안 된다
봄은 보 ~~ 오 ~~ ㅁ이라 불러야 한다

기다렸다고 기다렸다고
보 ~~ 오 ~~ ㅁ

가지 말라고 가지 말라고
보 ~~ 오 ~~ ㅁ

부르며
계절 하나를 우리 가슴에 묻어 둔다
계절 하나를 아껴 써야 한다

—

뻐억~꾹 뻐억~꾹

76

보 ~~ 오 ~~ ㅁ 보 ~~ 오 ~~ ㅁ

계절 하나가 목에 턱턱 막히며
자꾸 길어진다

비상시 문 여는 방법

내 몸속에 비상사태가 생겼을 때
나는 나를 여는 방법을 모른다
내 속에서 화재가 생겨도
내 속에서 테러가 일어나도

출입문 우측 덮개를 열고
빨간색 스위치를 오른쪽으로 돌리면 열리는 출입문이
내게는 없다

내 속의 모든 기억들이 도미노처럼 무너져도

나는 나를 여는 방법을 몰라서
이 장치를 비상 상황이 아닌 경우 조작하면
철도안전법에 따라
2년 이하의 징역 또는 2천만 원 이하의 벌금에 처해지게
될 범죄도 저지를 수 없다

속이 범람해도
누군가 총을 난사해도
동동거리며 저 속이 다 타도

대설주의보가 내려 꼼짝을 못 해도
나는 나를 열지 못해 나의 밖에서 죽는다

저 속에 진짜인 내가 있다는데
한번 열어 보지도 못하고 죽을 수 있는가

비상시 문 여는 방법이라는 안내문을
내 몸 어디에 새겨 넣고 싶다

배꼽을 오른쪽으로 세 번 돌리고
왼쪽 젖꼭지를 누르면 출입문을 손으로 열 수 있습니다

나는 나를 여는 방법을 몰라서
오늘은 골목에 앉아 봉숭아 꽃잎을 손톱에 붙여 본다

잠이 꿈이

아침에 일어나 화분에 물을 준 일이 꿈의 흔적이라면 어제 아라뱃길을 걸은 일이 꿈이 흔들리며 돌아다닌 것이라면 능소화가 아름답게 핀 골목 모퉁이가 오늘은 초라하게 느껴지는 일이 꿈을 꾸기 때문이라면

장소와 시간에 무색한 게 꿈 아닌가 나에게 속해 있는 진실이 그저 꿈이라면 사는 일은 꿈꾸는 일 그럴 리가 없어 우리는 이성을 가지고 살잖아 꿈꾸고 있네

사마귀가 나비를 잡아먹는 일이 참외가 노랗게 익어 가는 일이 수박의 그 붉은 속이 구석진 곳에 희미하게 고인 빛이 책 속의 모든 갈등이 먼 것이 보이는 고양이 눈이 다 꿈이라고

내 안의 너를 사랑한다는 절대성이 잠이라고
스스로 죽음을 죽는 일이 잠이라고
말라 죽은 지렁이의 침묵이 잠이라고

나를 깨우기 위해 나를 꼬집는 일도 일종의 잠이다 막연한 것 희미한 것 기울어진 것 중간적인 것도 다 일종

의 잠이다

자전거를 타고 너에게 가는 바큇살의 반짝임도 잠이다

새로 한 파마가 바람에 흔들려서

—

조금씩 느껴지는 봄기운에 두근두근
내 마음이 깊은 줄 알았는데
이깟 봄기운에 흔들리다니
이상하게 얕다

산딸기를 만났다
손바닥 위의 빨강이 너무 예쁘다
빨간 간지러움이 스멀거린다
웃음이 자꾸 난다
이상하게 얕다

머리카락이 눈썹을 간질인다
가는 기운이 살살거린다
눈썹 위로 풀벌레 소리 같은 시간이 온다
깊고 이상하게 얕다

달빛을 쬐는 개구리 울음을 바라본 적 있어?
옥수숫대가 쑥쑥 크는 버그적버그적 움직임을 본 적
있어?
얕음으로 살아갈 수 있어서 네가 보인다

이상하게 얕다

아침의 냄새 한낮의 고요 이런 얕음이 나를 살게 한다
얕다 좀 유치하게 얕다
얕아서 다행이다

즙의 시간

느리고 눈동자만 있는 시간
맨드라미 주름 속에 나의 부재가 수북하다
부재를 짜내는 저녁

내 활기는 오직 부재
흑염소즙을 마시다가 흘리는 일은
부재의 흘러내림

맨드라미는 숨 막히는 팔월의 언어
맨드라미는 별안간 노을의 굴곡이 된다
빨간 즙이 흐른다

일 분 동안 삼 분을 살았다면…… 나는 백 살이 넘은 노인
모든 시간을 즙으로 짜내면 농도 짙은 인간인가?
흘러내리는 나는

장어즙 포도즙 사과즙 즙즙
고기 맛도 포도 맛도 사과 맛도 나는데
한 권의 책으로 즙을 짜면 부재라는 즙만 나온다

저녁은 자음과 모음이 으스러지는 시간이다
하루의 즙이 흘러내린다

흑염소즙에는 흑염소 한 마리가 통째로
부재 속에는 한생이 통째로

즙을 짜는 일은 묵직한 걸 버리는 입
물이 되는 입
흘러내리는 입

저녁은 달짝지근한 즙
언어의 살에서 슬며시 나오는 비릿한 즙
흘러내리는

숙주 인간

타인에게 달라붙은 기생충이다 나는
너의 개성이라는 물컹함 안에서 꿈틀거린다
너의 발걸음을 내 정신에 새기고 내 의식은 깊숙이 너
의 뇌에 파고든다

종로 3가에 발걸음을 내디딘 자가 된다 나는
너의 길을 걸어간 자가 된다
어제는 너를 지니고 부산에 다녀왔다

봄밤은 진부해라는
네 안의 말라붙어 있는 감성을 나는 살아 낼 뿐이다
나는 흡충의 일종이다

영혼의 밑바닥을 한참 찾아 기어들어 가
살아 내라고
다 짓물러 맛이라고는 없는 너의 정신을 빨아 보는 것
이다

이 모든 것이 진행되는 동안
너의 외양이나 의상이나 행동도

내 시야를 벗어나지 못한다

왼쪽으로 오른쪽으로 너를 조종한다

나는 네 몸속에서 너의 꿈을 체험한다
너의 육체와 충동적 본성과 행동 양식을 동시에 체험
한다
빨아들인다

동시에 나를 누군가가 빨아먹고 있다

반

양이 너무 많아서 그러는데 그거 반만 주세요
한 무더기에 오천 원인 시금치를 너는 반절만 달라고 한다

시장 할머니는 말없이 반을 나눠 봉지에 넣어 준다
저기 반만 남은 시금치
이제 다른 자세로 담겨 있는 시금치

반을 찾으러 갔다
반을 찾으러 가는 길은 누구에게 가닿는 길인가

잃어버린 것들의 한때는 왜 늘 희미한 궁금일까

어제라고 이름 붙인 시간을 만났다
반나절이 느리게 가고 있었다

반만이라도 믿을 수 있는 표정으로
그녀의 살갗에 닿던 반절과 날 끌어당기던 그녀의 반절
을 찾다가

반만 줘

웃으며 말하는 어제는 조금만 건드려도 중심을 잃었다

반은 나였고 반은 너였던 어제는
절여진 무처럼 시큼했다

반을 찾으러 갔다가
돌아오는 길은 사과가 반쪽이고 달이 반쪽이었다

반절은 늘 흉터였다

아이가 아름다운 것은 아이를 자꾸 버리기 때문이다

빨간 머그잔은 빨강이 없다
노란 우산은 노랑을 물리치고 있다
가을 하늘은 사실 파랑을 포기하고 있다

나뭇잎들은 여름 내내 초록을 내버리고 있는 것이다
초록이 내버린 것을 우리 감각이 주워 담고 있는 것이라니
저들이 버리는 쓰레기를 통해 우리는 그것을 감각하는
것이라니

라일락꽃이 향기를 버릴 때 우리는 라일락을 알아본다

아이가 아름다운 것은 아이를 자꾸 내버리기 때문이다
해바라기가 사색적인 것은 해바라기가 사색적인 것을
버리고 있기 때문이다

타인들을 우리는 본질이 아닌 것으로 보는 것은 아닐까?
잃을 것이 많은 사람은 자꾸 잃어버려서 저 속은 꽉 차
있는 것은 아닐까?

네가 웃는 것은 웃음을 버리고 있기 때문이고

그 속은 슬픔을 간직하고 있는 것이라니
고독하기 때문에 화려하게 치장하는 것이라니

잘 우러나오는 사람은 우러나오는 것을 버리기 때문이고
그 속은 돌멩이처럼 딱딱하다는 것이라니
근심을 지닌 사람은 근심을 버리기 때문이고
그 속은 걱정이 없는 것이라니

나를 내세우려 하고 자꾸 문자를 하고 떠드는 일은
나를 버리는 일이며 그 속은 외롭기 때문이라니

버리는 것을 통해 내보이는 것을 통해
그들을 알아본다니

고요 되기

목련에서 고요가 피어난다
사람들이 기다려 온 것은 하얀 꽃이
아니라 고요일지도 모른다

고요는 좁은 골목 가득 퍼진다
골목 안 모든 정령들이 고요에 기댄다

몸을 다른 방향으로 돌릴 수가 없어서
사월의 골목은 이런 놀이가 한창이다

목련의 고요를 느끼지 않는 무엇이 되기
느낌이 없는 느낌에 취하기

목련의 고요에 길 잃기
목련의 먼 배경에서 고요를 살지 못하는 내가 아쉽기
목련의 색채 속에서 없는 존재 되기

내가 나라고 부르는 그 사람 되기
목련에 걸린 골목 안 모든 정령 되기

아무도 불러 주지 않기

목련처럼 모호하고 불분명한 고요는
들어가야 할 문을 지나쳐 가게 한다

그래서 사람들은 목련을 기다린다
고요에 기댄다

어떤 망설임

—

얼마 전 택배 노동자가 된 아는 동생은 내 오랜 술친구이다 술 생각이 나서 전화하면 손가락 까딱할 힘도 없단다 정말 못해 먹겠어 하면서도 쿠팡 물류 창고로 매일 출근을 한다

어렵게 만난 자리 밖에는 눈이 내리고 있었다 눈 내리는 풍경 속에서 먼 것도 가까운 것도 지워지고 있었다 그는 느닷없이 망설임이 생겼어라고 지나가는 바람처럼 무심하게 말한다 무슨 망설임? 이곳저곳을 다니다 보니까 내가 어디에 서 있는지 잘 모르겠더라고 생활의 맥락이 끊어지고 어딘가에 가 있었다는 사실은 아는데 거기가 어딘지 생각하는 버릇이 생겼어 아까도 분명 나였고 지금도 분명 나인데 아무것도 생각나지 않아 그래서 망설여져

사람들 만나는 일이 망설여지고 칸나의 붉음이 망설여지고 생이 망설여지고 무슨 말인가 하려는데 망설여져 택배를 시작하면서 나의 시간으로부터 이만큼 떨어져 있는 것 같고 그 공간 안에 내가 없더라고 왔다 갔다 하다 보니까 연속성을 잃고 망설이다 보면 내가 없는 거야 시간의 한가운데가 아닌 가장자리로 밀려나 있곤 해

—

그와 나는 눈 내리는 밖을 내다보고 있다 연속성이 사라진 그는 고요한 이 계절에 이 완벽한 계절에 함박눈처럼 분분이 조각난 시간 속에서 아파하고 있다

제4부 커튼 다리는 남자

상징

나는 창가에 앉아 유리창에 맺혀 있는 물방울 수를 세고 있었다 동시에 이 물방울들은 어디에 머물다 와서 왜 하필 이 유리창에 맺혀 있는 것인가 그런 생각이 여섯인가 세고 있을 때 막 스쳐 갔다 초록은 참 싱그럽다는 생각을 일곱을 세며 하고 있을 때 노란 우산을 쓴 학생이 지나간다 내가 세는 물방울 속을 신앙처럼 지나간다 세는 일이 뒤죽박죽이 되었다 일곱이었다가 열둘이었다가 유령처럼 얼룩진다 서로가 누구의 자리인지 모르는 두 사람이 가는 빗줄기 속에서 너무 비 같아서 빗줄기처럼 지난다 지나갈 시간이 필요하고 모호한 질문처럼 지난다 비를 지우며 한 늙은이가 물방울 속에서 불쑥 튀어나온다 그는 비 그 자체에 속했다 무엇도 아닌 사람의 상징 일그러진다 유리창의 물방울 한가운데서 허둥대는 상징을 본다 그때 이십 년 전에 돌아가신 아버지가 나에게 등을 돌린 채 물방울 속을 서해처럼 지나간다

커튼 다리는 남자

왜 구겨졌는가보다 구김이라는 단어가 새롭다

네가 없는 나날 속에 상자 속에 구겨 넣은 언어를
이제 꺼내 창에 친다

사내는 왜 커튼을 쳐야 하는지 묻는다
스팀다리미가 칙칙 언어를 뜨겁게 지나간다

뜨겁게 지나간 언어 앞에 어둑어둑한 그리움이 칙칙 지
난다
커튼에 핀 꽃이 참 예쁘구나 새삼스럽게 중얼거린다

창이 크구나라는 말보다
네가 있는 제천이라는 도시가 언어 뒤에 생긴다
큰 창을 한번 내다본 적이 없다

돌아와 언어 속에 머물고 있을
너의 이름을 다린다
커튼을 사 들고 오던 날의 빨간 언어를 스팀다리미로
다린다

구겨지는 것들은
언어 속에 핀 꽃이다 저녁이 구겨진 채 처져 있다

언어를 다리고
펴진 무늬의 질감으로 자신을 들여다봐야 할

언어를 다리는 사내는 아직 구겨진 걸 펴는 일만 생각
한다

아침 풍경

반쯤은 오렌지 같고 반쯤은 호박죽 같은 아침이다
아침을 떠먹다 막연히 상실감에 잠긴다

그림자마저 가벼운 이런 아침이면
오래된 감나무를 보며 감탄한다

멈추지 않는 것들
멈추지 않고 걷고 있는

목적지가 없음이 다행스럽다
이유 없이 떠날 곳을 갈망해 본다

섬세할수록 무심해진다는 말을 믿는다
붉은 맨드라미를 바람이 무심하게 지난다

아침이 끝났다
열 시 시침에 풍경이 달라붙어 있다 떨어진다

붉은 맨드라미의 흔들림은 확고하고 결정적이다
바람이 나를 훔쳐본다

마른침 삼키는 자리

난 이해를 잘하고 싶은데
너의 시선은 자꾸 달아나요

난 이해를 잘해야 하는데
시선이 마른 이파리 사이로 달아나고 말았어요

시선을 찾을 수 없을 때
마른침 삼키는 자리가 서걱거리며 생겨요

내가 이해하고 싶은 건
너이고 시선인데
너는 어느새 눈이 없어요 시선이 꽉 막혔어요

꿀꺽

시선이 없는
네 곁에서 나는
한 번도 먹어 보지 못한 긴장감을 모두 먹었어요

자꾸 목이 마르면 마른침이라도 삼키라는데

꿀꺽
얼굴만 두리뭉실해요 시선이 없어요

시선이 없어서
막 피어나는 나팔꽃이 냉담해요
까악까악 날아가는 새가 날갯짓을 멈춰요
삼 분 전과는 다른 기울어짐이 와요

떠났다는 말 앞에서

침이라도 삼키려는데
침이 없어요
마른 너를 삼켰어요
꿀꺽

존재하지 않는 풍경 앞에서
나는 몰래 마른침을 삼켜요

소리가 자라는 자리
조마조마한 순간이 사라지는 자리

저 속을 알 수 없는 자리

모든 종류의 신경성에서 어지러워요
마른침 삼키는 자리
서로 뒤엉키고 겹친 느낌

마른침 삼키는 자리는
누군가의 시선이 행방불명된 자리

잠으로 가는 길

잠은 저무는 일이 아니다
잠은 중간으로 존재한다

태초의 흔적이 남아 있어서
태초가 나를 눌러서

그러므로 나는 없다
쓸 쓸 쓸 쓸

다시 잠이 쓸쓸하지만
여전히 잠이 잃은 것은 아니다

내가 나에게 낯선 것이 되는 저 너머
잠은 자는 것이 아니다
아직도 잠이 저물었는지 알 수 없다

잃는다고 뒤척이는 언어 속에서
모든 것이 저무는 일은 아니다

한 쓸쓸함에서 한 쓸쓸함으로 넘어가는 일

잠시 나를 잃는다
저무는 일은 아니다

쓸 쓸 쓸 쓸
잠의 소리가 또렷하게 들린다

지금 어디서 사니?

　지나쳐 가는 모든 사물은 집이 된다 잠시 머물다 떠나는 집 백일홍 백로 다시 태어난 곳으로 돌아오는 연어 그리고 앵두 그것들에서 나는 잠시 나만의 생을 보낸다 희미해지는 백일홍 안에 들어가서 한 번의 생을 보낸다 붉은 백 일을 보낸다 동네를 한 바퀴 돌아 논 속의 우렁이를 노려보는 백로 속에서 비상의 한생을 보낸다 거슬러 오르는 연어에서 그리고 앵두에서 보낸 한생은 그 어느 곳이든 그리움이다 온종일 비를 맞고 있는 능소화나 눈 내리는 속에 서 있는 자작나무 그 안에서 빨강이었다가 파랑이었다가 하양을 산다 그들을 동시에 산다 백일홍 속에 내가 걸어간다 우렁이 속에서 담배를 피우는 아버지는 뭐라뭐라 웅얼거린다 백로 속의 노인은 비가 올 것 같다고 하고 앵두 속 어머니는 빨갛게 빨갛게 손을 흔들며 오라고 오라고 한다 이 모두를 동시에 산다 오늘은 연어 속에서 다시 태어난 곳으로 너를 살러 간다

지금을

어느 날 내가 무료함을 이겨 내려고 인생의 언덕을 뛰고 있다면 나는 어느 언덕에서 다른 언덕을 발견할 것이다 그 언덕이 급경사이고 숨이 턱턱 막히고 다리가 아파 절뚝거린다 해도 나는 그 시절을 그리워할 것이다 그 언덕이 무의미한 허상이고 닿을 수 없는 장소라 할지라도 나는 그 시절을 그리워할 것이다

맨드라미가 다 시들어 가고 있는 지금 안개 속에서 앞이 잘 보이지 않는 지금 그러나 내가 언덕을 계속 뛰고 있다면 지금을 그리워할 것이다 지나간 시간들이어서가 아니라 지금이라는 속에 나만의 맨드라미가 있기 때문이다 나는 맨드라미를 그리워할 것이다

새벽 아라뱃길을 달리는 나를 그리워할 수 있는 어느 날을 나는 맨드라미 꽃밭에 앉아 그려 본다 삼백 년 된 느티나무에게 빈다 지금 나를 기억해 달라고 지금보다 나은 날에 느티나무 아래 앉으면 지금을 그리워하게 해 달라고 맨드라미 밭에 앉아 꽃을 바라보는 나를 그리워하게 해 달라고 산다는 일은 이렇게 그리워하는 것이라고

지점

—

머물러야 할 곳이
너무 멀거나
너무 가까이 있는 것처럼 보인다

어디서부터 멀고
어디서부터 가까운지
알 수가 없다

끝을 보기 위해
땅끝까지 간 적이 있다
끝에서 돌아설 때 막막함이 왔다
가야 할 지점이 어딘지 나는 알지 못한다

어느 꽃가지에 가야
그 어느 지점에 가야
당신과 내가 꼭 맞게 만날 수 있을까

한강의 시작은 태백 검룡소라는데
어디서부터 나는 나고 너는 너인가

—

이제 너와 나는 끝이야
그 끝이 어딘지 당신은 아는가

어느 한 점에 오래 머물렀지만
그곳이 이별이 시작된 지점인지 몰랐다

벚꽃을 보려면 왼쪽으로 가고
오른쪽으로 가면 천국이라는데

어디서부터 왼쪽인지 어디서부터 오른쪽인지
아직 몰라서 천국을 가지 못한다

여름의 끝과 막다른 길 당신은 어디에 있는가

너의 지점으로 가기 위한
나는 나의 지점을 모른다

오후 두 시를 베고

개개의 사물이 홀로 있었다

빨랫줄 위의 팬티는 너무도 혼자여서
빨랫줄을 슬며시 치워도
그대로 공중에 떠 있을 것 같았다

항아리는 낮잠에 빠졌고
장독대 위의 햇살은 까치발을 하고 뛰어다녔다

영산홍 붉음 위로
감나무 그늘이 그네를 타고 있었다
영산홍 붉은 치마가 휘날렸다
그들은 각자 놀고 있었다

꽃그늘 위에 나비 한 마리 앉았다
서로의 무게가 없었다

팬티 혼자의 무게
영산홍 혼자의 자리
감나무 혼자의 사색

나비 혼자의 침묵이 흔들렸다

상처 앞의 그녀
죽음 앞의 인간

오후 두 시는 가볍고도 가벼웠다
훅 뭔가가 저 속을 지났다

이름을 부르는 이유

—

"미소야" 부른다
그녀가 멈춰 선다

맨드라미처럼 **빨갛게** 너의 이름을 불러 본다
가을 냄새처럼 너의 이름을 불러 본다

누구를 부르는 것은 그를 멈춰 세우는 일
세상 끝에 있다가 잠시 너의 이름을 불러 본다

귀를 지으신 이처럼 너의 이름을 부르는 것은
언젠가 마주칠 상실의 이름을 미리 불러 보는 일

먼 훗날
어깨를 툭 치는 저녁이 종종종 달아나는 뒷모습을 하염
없이 바라보거나
어느 골목에서 능소화 흔들림에 넋을 잃고 서 있거나
네가 벚나무 아래 서서 꽃비를 맞는 것은

그때
내가 불러 세웠던 이름

—

114

그 부름에 대답하는 일이라는 걸

태양 한가운데 쐐기

부어오르고 진물이 났다
블루베리를 따다가

왔다 쓰리고 따끔거렸다
흑색무늬쐐기나방의 유충이
태양 한가운데를 피하는 나를 쐈다

태양이 팔뚝에 들어와 살게 되었다
배롱나무의 호사스런 붉은 글자들을 질식시켰다

그 아픔은
우리 몸이 쐐기에 바치는 친근함이래
쓰리고 따끔거림은
쐐기가 우리를 있게 한 거래

친근함은 태양 한가운데 쏘이는 아픔으로 온다는 거야

쐐기가 쏘지 않았다면
사람들은 쐐기를 알아차리지도 못했을 거야
바람이 나에게 쐐기를 박으며 지나간다

죽은 자들의 영혼은 쏘이지 않을 것이다
부어오름은 살아 있다는 증거이다

태양 한가운데 쐐기

흔들리는 강아지풀이
강아지 꼬리처럼 흔들거리지 않았다면
우리는 강아지풀을 몰랐을 거다

쏘이지 않았으면 우리는 이름도 몰랐을 거다
쏘여서 부어서 따끔거려서
우리는 쐐기라는 이름을 안다

태양 한가운데 쏘이는 맛
쐐기

저녁 붉음 속에서

　화단의 백일홍과 분꽃 그리고 사루비아는 보이지 않는
방식으로 서로를 위하고 있다 저것 봐 바람에 흔들리며 서
로를 쓰다듬고 있잖아 그러면서도 백일홍은 사루비아를
분꽃은 백일홍을 잘 모른다 서로 함께 모여 살고 서로 보
고 있지만 서로를 모른다 서로의 빛깔을 보고 있지만 자
기의 색깔만 고집한다 타인의 말은 이해의 풍선일 뿐 언
제든 터지고 만다 사루비아는 백일홍에게 난 너를 이해해
하지만 어떻게 백 일 동안 꽃을 피우지? 무심히 입에 오른
말이 우리의 욕망과 삶을 읽는다 비둘기의 목소리 나뭇가
지가 유리창을 두드리는 소리 옥수숫대의 서걱거림 풀잎
의 술렁거림 이 모든 일이 내가 모르는 일이지만 석양의
붉음 속으로 번져 가는 이 모든 환(幻)의 목소리는 얼마나
우리 자신인가

우글거리는 문턱

오민석 (시인·문학평론가)

1.

정진혁의 시적 화자는 존재의 움직임을 따라가는 카메라 같다. 그것은 존재가 다른 존재로 넘어가는 무수한 문턱들을 집요하게 포착한다. 존재와 존재를 가르는 문턱에는 무수한 자아들이 우글거린다. 한 면의 자아가 다른 면의 자아를 만날 때 존재의 주름이 생긴다. 자아는 떠나온 시간으로 돌아가 내부에 안주름을 만들기도 하고, 먼 외부의 서사를 좇아 우글거리다가 바깥주름을 만들기도 한다. 자아의 내부와 외부에 주름들이 접히고 펴지면서 존재와 존재 사이의 문턱에는 무수한 자아들이 올챙이처럼 꼬무락거린다. 존재는 처음에는 혼자였다가 내부에 여러 개의 주름을 가진 복잡한 존재가 되기도 하고, 다른 존재와 겹치면서 복잡한 무늬의 바깥주름을 가진 존재가 되기도 한다.

세상은 잠시 알 수 없는 색채와 공간으로 어른거렸다
드디어 혼자가 왔다

그림자의 등을 보고 있는 나와 마주쳤다
발걸음이 희미해졌다
슬며시 혼자가 왔다

그때 붉은 감이나 하얗게 피어난 국화처럼
느낌을 가진 것들이 자신과의 작별을 마음에 품었다

혼자를 어디다 두어야 할지 모르겠다

귀뚜라미가 울고 있다는 가벼움을 관통하며 바람이 지나
갔다
지나가는 것들 사이로 혼자가 왔다

가을의 한가운데 희미하게 남아 있는 색채들을 지우며
혼자가 왔다
익명으로 왔다
한 명의 관조자로 왔다
　　　　　　　　　　　　　　　―「혼자의 배치」부분

　이 시집은 그러므로 일종의 존재 탐구이자 존재 물음인
데, "혼자"는 그런 물음의 출발점 혹은 존재의 영도(零度) 상태를 가리킨다. 존재 물음을 던지는 현존재(Dasein)는 이미 존재의 영도 상태가 아니다. 그것은 이미 존재의 여러 문턱을 넘어온 주름의 존재이다. 그러므로 존재의 영도 상태인 "혼자"는 시인이 화자를 통해 불러낸 최초의 존재, 아직 다른 존재의 문턱을 넘지 않은 존재를 의미한다. 이런 존재는 오로지 가설의 형태로만 존재한다. 시인은 그런 존재를 "슬며시" 호출하여 존재 탐구와 존재 실험을 시작한다. 이 최초의 존재는 아직 아무런 문턱을 넘지 않았으므로 "익명"이자 "한 명의 관조자"에 불과하다. 시인은 이런 "혼자를 어디다 두어야 할지" 궁구한다. "혼자"는 존재의 영도에서 수많은 문지방을 넘어 다른 존재들을 만나면서 자신의 기관(organ)들과 주름을 만든다. 정진혁의 시적 화자는 이런 과정을 추적하는 카메라이다.

그림을 그리는 고양이를 넋 놓고 보다가 그림을 그리는 고양이가 되고 있는 나와 마주쳤다 고양이가 있는 곳이 그림이 되고 배경이 되는 고양이 고양이를 가만히 보면 희미하다 내게서는 느끼지 못하는 느낌을 보드랍게 풍긴다 고양이는 흔들리는 강아지풀이나 바람 그리고 흘러내리는 시간과 그곳의 분위기를 그리고 싶어 한다 그의 희미함과 그의 그리고 싶어 하는 예술성은 서로 긴밀하다 그는 희미함을 따르면서 그려 내지 못하는 것을 그리워한다 그래서 고양이가 있는 그림은 추상이 된다 벚꽃이 휘날리는 그림을 위해 그는 자신의 털을 뽑아 공중에 휘뿌리기도 하고 심장박동수

를 그리기 위해 나방을 잡아다 문 앞에 놓기도 한다 자신의
초록빛 눈알을 그리며 알 수 없는 먼 것에 기댄다 고양이는
어느 곳에도 무엇에도 사용되지 않는다 그저 거기 있을 뿐
이다 그러나 늘 그림은 완성된다 고양이는 고양이가 원하지
않는 것을 고양이처럼 그린다 고양이는 담장 위에서 먼 곳
을 바라보는 희미함과 맨드라미의 붉음 속에 담긴 알 수 없
는 이야기를 가만히 앉아 그려 준다

　　　　　　　　　　　　　　　—「고양이 화가」 전문

　고양이가 무언가를 그리고 있다. 고양이는 자신이 그리
고 있는 것과 자기 사이의 접점에서 하나의 주름을 만든다.
고양이는 자신의 "희미함을 따르면서 그려 내지 못하는 것
을 그리워한다". 고양이는 그리고 싶은 것과 그리워하는 것
이 만나는 지점에서 "고양이"가 된다. 화자는 그림을 그리
는 그런 고양이를 "넋 놓고 보다가" 그런 "고양이가 되고
있는 나"와 마주친다. 이것들(① 고양이가 그리는 것, ② 그림을 그
리는 고양이, ③ 그런 고양이가 되고 있는 '나')은 이렇게 서로 섞인
다. 이들은 각각의 고원(高原)이었다가 능선에서 만나 하나
의 산을 형성한다. 이것들은 서로 번진다. 수채화의 번지기
기법(wet in wet)처럼 존재는 젖은 물 위에서 서로에게 흘러
들어 가 다른 존재가 됨으로써 존재의 영도에서 벗어난다.
위 작품에서 "예술성"이라는 단어는 독자들에게 하나의 힌
트를 제공한다. 위 시는 예술 행위와 그 행위의 다양한 문
턱에서 형성되는 예술가의 존재성에 대한 설명으로 읽어

도 된다. 존재는 끝없는 모방의 행위를 통하여 모방의 모방의 문턱을 넘으며 예술가가 된다. 예술가의 존재성은 자신이 표현할 수 있는 것뿐만 아니라 표현하지 못하는 것을 그리워하며 그곳으로 번지는 자리에서 만들어진다. 예술가는 표현할 수 있는 것 속에서 표현하지 못하는 것에 젖어 있는 존재이다.

2.

존재는 위치와 속도와 힘으로 구성되어 있다. 존재가 다른 존재를 만날 때, 이것들은 서로 충돌한다. 다른 위치와 속도와 힘이 서로 부딪히며 서로에게 스며들 때, 그 문턱에서 접힌 흔적들이 존재의 주름이다. 존재의 주름은 일필휘지가 아니라 무수한 망설임의 언어로 이루어져 있다.

　　살구는 어느 문턱에서 우글거린다
　　살구 하고 부르면 둥근 것과 흩어지는 것 사이에 머문다

　　(중략)

　　살구를 좀 더하고
　　살구를 좀 덜하고
　　살구를 아주 사뭇 덜하고
　　그러는 사이 살구는 우글거린다

살구 하며

순간에서 떼어 놓아 이름을 불러 주면

살구는 살구만큼의 관념으로 우글거린다

(중략)

살구는 피하거나

살구를 저버린

살구를 실망시킨 것들의 전체이다

그래서 살구는 흐리다

살구 살구 사는 일은 여전히 우글거린다

—「살구 살구 사는 일은」 부분

존재는 항상 "어느 문턱에서 우글거린다". 존재는 안과
바깥에 다양한 문턱들을 가지고 있다. 존재가 내부에서 지
나간 시간과 달라진 시간, 그리고 달라질 시간을 호출할
때, 존재의 내부는 서로 다른 시간의 지층들로 우글거린다.
그 지층들의 위치와 속도와 힘이 존재의 안주름을 만든다.
안주름들은 망설임과 사랑과 길항의 흔적들로 무성하다.
바깥에서 다른 위치와 속도와 힘이 밀고 들어올 때, 존재의
외부는 또한 사랑과 파괴와 망설임으로 우글거린다. 존재
의 바깥주름은 그런 화학반응의 흔적으로 가득하다. 이 모
든 번짐의 바깥에서 존재들을 호명하는 대타자(the Other)

가 있다. 그것은 바로 명명(命名)의 권력을 가진 언어이다. 살구를 "살구 하고 부르면" 살구는 "둥근 것과 흩어지는 것 사이에 머문다". 문턱에서 우글거리던 살구는, 무엇이든지 될 수 있었던 살구는, 명명의 권력 앞에서 영토화된다. 살구를 살구로 더하고, 덜하고, "아주 사뭇 덜하고" 그럴 때 살구는 무한 잠재성으로 "우글거린다". 그러나 살구를 살구 자체의 "순간에서 떼어 놓아 이름을 불러 주면" "살구는 살구만큼의 관념으로 우글거린다". 명명 이전의 우글거림과 명명 이후의 우글거림은 다르다. 명명의 권력 앞에 초토화될 때 살구는 살구 자체가 아니라 그것을 피하거나 저버리거나 "실망시킨 것들의 전체"로 바뀐다. 살구의 일은 살고 살고 또 "사는 일"과 다를 바 없다. 그것은 내부의 수많은 "사는 일"들의 우글거림과 기표로 호명된 "사는 일"들의 주름으로 가득하다.

처음 이 가방은 다른 가방과 똑같은 표정을 가졌다 오랜 시간이 지나면서 얼룩이 생기고 때가 타고 색도 조금 바랬다 멜빵 한쪽이 뜯어지고 자크 하나가 고장 났다 가방은 훨씬 자신만의 표정을 가진다 이 표정은 어디에서 온 것일까? 이 가방에 넣은 컴퓨터와 책과 간식거리와 옷들에 가방의 영혼이 잠든다 커피를 쏟은 얼룩과 손때 묻은 책들은 가방에 자신의 존재를 반영하며 가방에 침투하고 끝내 가방으로 변신한다 모든 것은 외부로부터 온다 아무렇게나 벗어 논 가방 위로 아침의 햇살이 비칠 때 우중충하고 냄새나는 가

방이 환하게 빛난다 우중충한 것은 외부로부터 오는 것들로
빛난다 몇 십 년째 이 세상을 벌고 있는 나는 있음의 눈동자
를 지닌 나는 외부로부터 온 것이다 멀어지지 않는 헌신과
소유하지 않는 말투를 지닌 나는 그리고 저녁을 바라보는
자세가 영혼을 가로지르는 나는 외부로부터 온다 나무를 느
끼는 마음과 곧장 가지 못하고 빙빙 도는 붉음을 지닌 나는
너를 보는 내 전부는 너라는 외부로부터 온다

— 「내 전부는 밖에 있어서」 전문

　　현존재는 "혼자"가 존재의 다양한 고원들을 거치면서 만
들어진다. 존재의 영도 상태인 "혼자"엔 주름이 없다. 그것
은 단일 지층으로 이루어진 순수한 고원이다. 그러나 상징
계에서 존재의 영도 상태는 존재하지 않는다. 존재의 영도
는 오로지 존재가 죽는 순간에만 다시 성취된다. 존재가 상
징계로 진입하는 순간부터 존재는 쏟아지는 기표들을 뚫고
나가며 현존재가 되어 간다. 존재의 영도에서 출발하여 존
재가 기표의 은하계를 치받고 나갈 때 존재가 만나는 모든
것은 타자들이다. 그 타자들이 존재에게 다가와 "자신의 존
재를 반영하며" "침투하고" 끝내 존재로 "변신한다". 그러
므로 존재의 "전부"는 "외부로부터 온다". "내 전부"는 '내'
밖의 것들이 '내'게로 와서 '나'에게 새겨 놓은 흔적이고 주
름이며 그림자이다.

　　타인에게 달라붙은 기생충이다 나는

너의 개성이라는 물컹함 안에서 꿈틀거린다
너의 발걸음을 내 정신에 새기고 내 의식은 깊숙이 너의
뇌에 파고든다

종로 3가에 발걸음을 내디딘 자가 된다 나는
너의 길을 걸어간 자가 된다
어제는 너를 지니고 부산에 다녀왔다

봄밤은 진부해라는
네 안의 말라붙어 있는 감성을 나는 살아 낼 뿐이다
나는 흡충의 일종이다

─「숙주 인간」 부분

'내'가 외부의 것들이 '나'에게 들어와 새겨 놓은 흔적이
라면, 그 외부의 것들에게 '나'는 또 무엇인가. '내' 바깥의
것들이 '나'에게 들어와 '내'가 된다면, '나' 역시 타자의 내
부에 들어가 타자가 된다. 그러므로 우리는 모두 "타인에게
달라붙은 기생충"이다. 그러므로 '나'의 모든 내부는 타자들
의 외부이고, 모든 타자들의 내부는 '나'의 외부이다. 보라.
"너의 발걸음을 내 정신에 새기고 내 의식은 깊숙이 너의
뇌에 파고든다".

3.
지금까지 살펴본 것처럼 이 시집은 (시로 쓴) 존재 탐구

혹은 존재 물음들이다. 이 시집은 "혼자"가 현존재가 되는 내외부 사건의 패턴들을 객관 상관물(objecrtive correlative)들을 동원해 그려 낸다. 그러므로 현 단계 정진혁의 주된 관심은 인간 실존의 궁구에 있다고 보아도 된다. '나'는 누구이고, 누구였으며, 어떻게 무엇이 되어 왔고, 되어 가고 있는가. 사실 모든 사유는 이런 존재 물음에서 시작된다. 그리고 존재 물음을 던지는 자만이 존재의 방식을 고민한다.

벚꽃의 영역과 물의 영역 사이에 생긴 낙서 같은 것

물가에 서 있는 벚꽃은

이 세상에 하나뿐인 말을 흔들고 있었다

그날 대성리 물가는 세상의 경계선이었다

밤늦도록 벚나무 아래에서 놀다가 우연히 그것을 건드리고 말았다

벚꽃 물가라는 말이 밀려온다

때때로 남서풍이 부는 물가에 가늠할 수 없는 울림

박각시나비와 휘어지는 강물은 알 수 없는 언어로 허공

을 다녀온다

　언어 몇 송이가 물 위에 떠 있다

—「연애의 언어」 전문

　화자의 시선이 주로 모이는 곳은 사물들, 존재들, 혹은 영역들의 "사이"이거나 이것들이 서로에게 들어가며 마주치는 '문턱'이다. 문턱은 두 영역의 접속 지점이며, 두 개의 벡터가 만나 화학반응을 일으키는 곳이고, 존재가 그렇게 자신의 독특한 무늬를 새기는 지점이다. "혼자"인 원초-자아(proto-self)는 무수한 타자들과 기표들을 만나면서 현존재가 되어 간다. 이 시집의 시들은 그 다양한 접점들의 형상화이다. 그중에서도 위 작품을 주목하는 것은 이 작품이 아름다움의 절정에 이르렀기 때문이기도 하지만, 이 시가 그가 꿈꾸는 주름이, 그가 그리워하는 번짐이 '사랑'의 방정식을 따르고 있다는 확신을 주기 때문이다. "물가에 서 있는 벚꽃"은 그 자체 두 존재의 아름다운 번짐을 보여 준다. "물가"는 물과 벚꽃이 만나는 접속 라인이고, 물이 벚꽃으로, 벚꽃이 물로 건너 들어가는 문턱이다. 화자는 그것을 "세상의 경계선"으로 확장해 읽는다. 말하자면 화자는 "세상"이 온통 이런 아름다운 경계이기를 꿈꾸고 있는 것이다. 벚꽃과 물은 서로의 문턱을 넘어 번지고 스며들어 "벚꽃 물가"라는 하나의 새로운 존재로 태어난다. "박각시나비와 휘어지는 강물"은 이 화려한 "연애의 언어"에 뿌려지는 축복의 꽃술들이다.

　　태양 한가운데 쐐기

　　흔들리는 강아지풀이
　　강아지 꼬리처럼 흔들거리지 않았다면
　　우리는 강아지풀을 몰랐을 거다

　　쏘이지 않았으면 우리는 이름도 몰랐을 거다
　　쏘여서 부어서 따끔거려서
　　우리는 쐐기라는 이름을 안다
　　　　　　　　　　　　　　　　—「태양 한가운데 쐐기」 부분

　　존재의 번짐과 무엇 되기는 항상 동사적 수행(verbal per-
formance)을 통해 이루어진다. 움직일 때 존재는 다른 존재
의 의식에 포착된다. "흔들리는 강아지풀"이 '우리'를 찌르
고 '우리'에게 번져 온다. 찌르는 행위가 없을 때 아무것도
존재의 문턱을 넘지 못한다. 존재는 다른 존재에게 "쏘여서
부어서 따끔거려서" 무엇 되기의 과정으로 들어가고 그 과
정에서 이름을 얻는다. 기표는 모든 수행에 이름의 꼬리표
를 달아 준다. 이름 안에서 존재는 다시 한번 접히고 펴진
다. 존재와 존재 사이의 문턱은 항상 무엇 되기의 과정으로
북적거리고, 그것을 악착같이 쫓아다니는 기표들의 움직임
으로 부산하다. 존재는 이렇게 이중의 번짐과 굴절을 겪는

다. 이 시집은 존재의 여러 고원에서 일어나는 이런 사건들의 시적 기록이다.